U0683057

饌
工厂

［法］ 阿提克·拉希米 著 宋义铭 译

土 地 与 尘 埃

خاکستر و خاک

SPM
南方传媒

花城出版社

中国·广州

图书在版编目（CIP）数据

土地与尘埃 / （法）阿提克·拉希米著 ；宋义铭译.
-- 广州 ：花城出版社，2024.3
ISBN 978-7-5749-0024-0

Ⅰ．①土… Ⅱ．①阿… ②宋… Ⅲ．①中篇小说－法
国－现代 Ⅳ．①I565.45

中国国家版本馆CIP数据核字(2023)第174796号

合同版权登记号：图字19-2023-164号

Terre et cendres©P.O.L Editeur, 2000, as well as any mention useful for the
protection of thetranslation, shall be printed on each copy issued.
本书中文简体版专有版权经由中华版权代理有限公司授予北京创美时代国际
文化传播有限公司。

出 版 人：张　懿
项目统筹：陈宾杰　蔡　安
责任编辑：张　旬
责任校对：李道学
技术编辑：凌春梅　林佳莹

书　　名　土地与尘埃
　　　　　TUDI YU CHENAI
出版发行　花城出版社
　　　　　（广州市环市东路水荫路11号）
经　　销　全国新华书店
印　　刷　天津丰富彩艺印刷有限公司
　　　　　（天津市宝坻区新开口镇大新公路北侧427号）
开　　本　787毫米×1092毫米　32开
印　　张　3
字　　数　35,000字
版　　次　2024年3月第1版　2024年3月第1次印刷
定　　价　39.80元

如发现印装质量问题，请直接与印刷厂联系调换。
购书热线：020-37604658　37602954
花城出版社网站：http：//www.fcph.com.cn

致我的父亲，
致其他的父亲，
战争偷走了他们的眼泪。

他的心有多大，悲伤就有多大。

拉法特·胡赛尼

法语版译序

阿提克·拉希米 1985 年流亡法国，在这位年轻的作家、导演笔下，一种来自阿富汗的、崭新且独立的写作和思考迎来了焕然的新生。他选择用自古以来就在阿富汗使用的达里语进行创作，并靠笔尖证明了这种波斯语言的独特和微妙之处。

《土地与尘埃》开辟了一片从前无人能至的自由领域，在那里，阿富汗是一个传统与情感共生、暴力历史与个人悲剧俱显的存在。

从这个角度来说，《土地与尘埃》是一部宣泄性的小说，因为它还应有更多的后来者，以使阿富汗人延续其在本族历史中的存在，但同时，它也是一部人性和普世的小说。

我希望法语文本尽可能地忠实于原作者的精神，忠实于他令人屏息的简短语句，忠实于他不施藻饰的审美，忠实于他文本中的不断重复，因为重复的背后隐藏着意志。我希望我的阿富汗灵魂能引导我的法国手，也引导其他人跟随我踏上这段旅程，进入一个老人和一个孩子隐秘的痛苦、一个民族的痛苦之中。

感谢所有给予我陪伴的人，阿提克·拉希米，一个不吝信任与热情的朋友，克里斯蒂亚娜·蒂奥利耶和皮埃尔·博纳富，两位都是细心而宝贵的读者，以及其他许许多多为这本书的面世提供帮助的人。

萨布里娜·努里

"我饿了。"

你从苹果花 ① 红布包里拿出一个苹果，在你满是灰尘的衣服上擦了几把。苹果更脏了。你把它放回包里，拿出另一个稍微干净些的，递给你的孙子亚辛。他坐在旁边，头靠着你疲惫的手臂。他用脏兮兮的小手接过去，放进嘴里。他还没长门牙，所以试着用犬齿咬苹果。他干瘦、皲裂的脸颊一阵哆嗦，细长的眼睛眯成了一条缝。苹果是酸的。他的小鼻子皱起来，闻了闻。

你背对着秋阳，靠着桥栏杆坐着；这座桥，在普勒胡姆里 ② 的北面，连接着干涸的河流的两岸。从阿富汗北部通往喀布尔的公路就打这里经过。下了桥向左

---

① 苹果花（gol-e-seb）：这个词指的是在整个中亚地区都非常流行的一种面料，红色的底上印着白色的苹果花风格的图案。

② 普勒胡姆里（Pol-e-Khomri）：阿富汗北部城市，巴格兰省首府，该国主要工业城市。——译者注

拐，进入从沙丘之中蜿蜒而出的土路，就能到达卡尔卡煤矿……

亚辛的呻吟声将你的思绪从那条通向矿区的路上拉回来。看，你孙子咬不动苹果。小刀放哪里了？你翻了一遍口袋，找到了。你从孙子手里拿走苹果，一切两半，再切两半，递还给他。你把刀塞进口袋底部，重新把手臂抱在胸前。

你已经很久没有嚼过烟了。嚼烟①盒放哪儿了？你又开始翻口袋，找到了。你捏起一把放进嘴里，看了一眼盖子上的镜子，然后把盒子收好。你眯细的眼睛深深凹进眼眶里。时间在眼周留下它经过的印记，一些由蜿蜒的线条组成的印记，看起来就像一群盘曲在两个孔周

———————————

① 嚼烟（naswar）：一种深绿色的麻醉性混合物。

围狩猎的饥饿的虫子……你把头上的大头巾解开,它太沉了,压得你的头几乎陷进肩膀里。那上面满是尘土,也许这就是它如此沉重的原因。它原本的颜色,被太阳或灰尘褪去,已经变得无法辨认。

把盒子放回去!想点别的,看点别的。

你把盒子塞回一个口袋,摸着灰白的胡须,抱膝坐着,盯着地上自己疲惫的影子看,它和桥柱投下的一道道竖条阴影叠在一起。

一辆门上画有红星的军用卡车穿过大桥,打断了灰尘的沉眠。沙尘四起,笼住整座桥,然后慢慢地坠下去,飘落在各个地方:苹果上,头巾上,睫毛上……你伸出手,想为亚辛的苹果遮一下。

"停!"

你的孙子尖叫起来。看吧,你的手让他没法吃苹果了。

"你更喜欢吃灰吗？"

"停！"

　　别管他了，顾好你自己。沙尘已经满嘴满鼻孔都是了。你远远地把嚼烟吐掉，旁边已经有了五片深绿色的水渍。你用头巾的一头掩住嘴和鼻子，瞥了一眼警卫小屋，那间黑色的破房子位于大桥的入口处，去往矿区的道路正是自那儿而始。一个小窗里飘出烟雾。你犹豫了几秒，一手攀住生锈的桥栏，一手抓起红色的包袱，站了起来，蹒跚地走向小屋。亚辛也起身跟在后面，攥着你的上衣。你走近小屋，从没有玻璃的窗口探头进去。屋内烟雾缭绕，散发出煤炭的味道和热乎乎的黏稠气息。警卫就在你之前看到的地方，靠在其中一面墙上，还在打瞌睡。也许平顶帽①稍微压低

---

① 平顶帽（képi）：起源于19世纪的法国平顶军帽，后使用范围拓展到部分非军事行业。——译者注

了一点，别的什么都没变！都还跟刚才一样，包括他那没有血色的嘴上叼着的半截烟……

咳一声！

你的咳声甚至没传进自己耳朵里，更别说警卫员了！再咳一次；来吧，大点声！他还是一点没听见。但愿他没被煤气呛死。你开口叫他。

"小兄弟……"

"你还想从我这儿要什么，老爹①？"感谢主，他说话了。他还活着，不过依然一动不动，闭着的双眼藏在帽子的阴影里……你动了动舌头，想要说什么。不要打断他！

"……你总有一天会把我逼疯的！我绝对跟你说过四十②遍了：等第一辆车来，我就趴到它车轮底下，我

---

① 原文为 Bâba djân，字面意思是"亲爱的父亲"。对老人的一种亲切而尊敬的称呼。

② 这里泛指多遍。而波斯人更喜欢四十这个数字，因为在穆斯林的神话故事中，这个数字具有非常强烈的象征性。

求它把你带到矿上！你还想要什么？到现在为止你见到过车的影子吗？怎么！你还想要个证人吗？"

"我不敢冒昧，尊敬的小兄弟！我知道车没有来。但是，我就是担心，万一你不小心把我们忘了……"

"你指望我怎么把你忘了，老爹？要是你想听听你自己的故事，我都能背出来了。真是的……你儿子在矿上工作，你带他儿子来看他，你……"

"老天，你都记得……是我昏了头了，我以为我什么都没告诉你……有时候我总觉得别人和我一样会忘记……请原谅，小兄弟……我打扰你了。"

实话说，你的心很沉重。已经很久没有朋友，或者哪怕是陌生人来关心过你了。已经很久没有或熟悉或陌生的话来温暖你的心了……你想说一些什么，想听到一些回应。来吧，说吧！不过不太可能有什么回应！警卫是不会听你说话的。他沉浸在他的思绪里。

他有他的思绪为伴。他封闭在自己的孤独里。不要去打扰他。

你站在小屋的前面，不言不语。你的视线飘向远方，越过起伏的山谷。山谷一片干旱，荆棘丛生，非常平静……你的儿子，穆拉德，就在山谷的尽头。

你从山谷收回视线，转向小屋内部。你想告诉警卫，你之所以留在这边等车，只是因为你带着孙子亚辛。如果只有你一个人，你早就上路了，用走的。四五个小时的步行吓不倒你。你想对他说，从前你可以站在地里干上一整天农活，说你是一个勇敢的人，说……还有什么来着？真的有必要和警卫说这些吗？这对他有什么用呢？没用！那就别管他了。睡个好觉，小兄弟……我们要走了。我们不会再烦你了。

可你没有动。你只是钉在原地，不发一语。

脚边石头咔咔作响的声音将你的注意力引向亚辛身上，他正蹲在那儿，用两块石头挤压一块苹果。

　　"你在做什么？天哪，天哪！把那个苹果吃掉！"

　　你抓着亚辛的肩膀把他拉起来。他尖叫道：

　　"停！松手！为什么这石头没有声音？"

　　小屋里传出的煤气味与警卫发出的咆哮声混作一团。

　　"你们俩要把我逼疯了！你就不能让你孙子闭一会儿嘴吗？"

　　你没花工夫道歉，准确来说是没有那个勇气。你急忙抓住亚辛，把他拖向桥那边。你恼火地坐倒，背靠栏杆，把包袱放在一边，一边把孙子抱起来，一边训他：

　　"安静一会儿！"

　　你在对谁说话？对亚辛？他连石头的声音都听不到。那么你那虚弱又颤抖的声音是在说给谁听呢！亚辛的世界已经成为另一个世界，一个哑巴的世界。他以前不聋，现在聋了。他甚至没有意识到这一点。他很惊讶没有东西能再发出声音了。就在几天以前，一切都还不是这样。想象一下，你是一个像亚辛一样的孩子，一个直到最近还听得到声音的孩子，甚至不明白失聪是什么。然后有一天，你什么都听不见了。这是为什么？如果想直接告诉你，你聋了，那太傻了。因为你既听不到，也听不懂，你不会想到是你听不到了。你认为是其他人变成了哑巴。人说不出话，石头发不出声响。世界安静了……可是，为什么人们的嘴一直在动呢？

亚辛把他那塞满问号的小脑袋瓜埋在你的上衣底下。

你的目光从桥的另一头，飘向那条干涸的河，河床上满是黑色的石头和干枯的灌木。你又从河床看向远方的山……群山与穆拉德的身影融为一体，他正站在你面前，问你：

"什么风把你吹来了，父亲？一切都好吗，如我希望那样？"

一个多星期以来，日日夜夜，这张脸和这个问题占据着你的脑海。这个问题侵蚀了你的血液。你的脑子就不能想出一个答案来吗？！啊，如果这个问题能不存在就好了。如果人永远不会问为什么就好了！你来看看你的儿子，就这么简单。反正……像所有的父亲一样，你时常会思念儿子。不行吗？当然可以。然而，你明白你为什么在这里。

你从口袋里找出那盒嚼烟，倒一点在手掌上，然后放到舌头下。如果事情都这么简单、这么放松就好了，和嚼烟一样，和睡觉一样……你的眼睛逃到了遥远的山顶之外。

穆拉德的脸总是与山峦融为一体。岩石的温度越来越高，它们在发烫。仿佛岩石正在变成烧着的煤炭，仿佛这座山就是一个巨大的火场。炭火燃烧着，从山上滚落，洒进你身旁的干枯河床里。你在这一岸，穆拉德在另一岸。穆拉德还在问你来访的理由。你为什么单独带着亚辛？你为什么给他那些安静的石头？

　　然后穆拉德向河床走来。你开始大喊大叫：

　　"穆拉德，我的儿子，停下！待在那儿别动！河里着火了，你会被烧死的！不要过来！"

　　也不知道谁会相信这种事情。一条着火的河？你在胡言乱语！看，穆拉德过了河，他没被烧着。不，他一定被烧到了，只是没有表现出来。穆拉德是个英雄，他不会哭。你看他，他全身都泡在河里。你又开始尖叫：

　　"穆拉德，停下！河里着火了！"

　　可穆拉德仍旧带着他的问题向你走来：

　　"你为什么要来？你为什么要来？"

从某处，不知何处，传来穆拉德母亲的声音：

"戴斯塔吉，让他待在那里，你过去，去河对面！去用我的苹果花围巾给他擦擦汗吧，就是你包着的那条！我愿意用我所有的围巾换我儿子的命！"

你张开眼皮，感觉全身皮肤都泡在冷汗里。如果你能安然睡一觉就好了。你已经一个星期没有睡过安稳觉了。一闭上眼睛，你就会看到穆拉德和他的母亲，还有亚辛和他的母亲，还有灰尘和火焰，还有尖叫和泪水……然后你又醒了。你的双目在燃烧，因失眠而燃烧。你目不能视了。它们已经疲惫不堪，精疲力竭。由于过度的衰竭和失眠，你每时每刻都陷在一种半梦半醒的状态里。半梦半醒之间，各种图像在你脑海里相互碰撞……仿佛你只为这些记忆、这些图像而活着。既有你经历过、但愿从未经历之事的记忆和图像；或许也有在前方等待你、而你不想经历之事的幻象。

你应该能够像孩子一样睡觉的，像亚辛一样。像亚辛一样？

不，不是像他那样！像其他任何孩子一样，只除了亚辛。亚辛在睡梦中呻吟，哭喊。他的睡眠与你的睡眠并没有多大区别。

你应该能够像新生儿一样睡觉的，没有图像，没有记忆，没有梦。像个新生的婴儿，让生命回到起点。

唉，这是不可能的。

你想重新活一次，哪怕只有一天、一小时、一分钟，甚至一秒钟。

你回想起穆拉德离开村子的那一刻，他跨出门去的那一刻。你也应该离开的，带上你的妻子、孩子和孙子，去别的地方，去别的村庄。你可以去普勒胡姆里。你不会再有任何土地或庄稼，但这都不重要。让小麦见鬼去吧！你应该跟着穆拉德，你也应该去矿上

干活，去支持他。那么你就不必非得解释你今天来这
遭是为什么了。

唉……

在穆拉德下矿的四年里，你没有一次机会去看他。
四年来，他把年轻的妻子和年幼的儿子托付给你，独自
到矿上谋生。

事实上，穆拉德逃离了村子和村民，他想离开，他
离开了……谢天谢地，他离开了。

四年前，你邻居雅谷伯沙那个下流的儿子调戏穆拉
德的妻子，你儿媳把事情告诉了丈夫。穆拉德抄起一把
铲子，冲到雅谷伯沙的家里，把他儿子叫出去，一句话
没说，就敲碎了他的头骨。雅谷伯沙把他受伤的儿子带
到村委会，穆拉德被判了六个月的监禁。

出狱以后，穆拉德收拾东西离开，去了矿场。从那

以后，他只回过村子四次。距离他上次回家刚过去一个月，现在你来了，带着他的儿子。这当然会引人发问了！

"水！"

在亚辛的叫声中，你的目光从山丘滑向龟裂的河床，又从河床滑向小孙子干渴的嘴唇，他正急切地要水喝。

"可你让我上哪儿找水呀，我的孩子？"

你慌慌张张地瞥了一眼警卫的小屋。你不敢再一次去那里讨水了，今天早上你已经为了亚辛从警卫的水壶里取过水，如果你又去……他必定会发火，会把水壶丢到你脸上……最好到别的地方去问……

你把手搭在额头上遮光，看向桥的另一端。那里有一家小店，你今早曾在那里询问去矿区的路，摊主很热情地给你提供信息。回去向他要水喝吧！你半站起来，准备上路。但你在原地顿住了。万一有车经过？……而警卫发现你不在这里怎么办？那这段时间就都白等了！不行，待在这里！警卫不是那种会耐心等你、找你、呼唤你的人……不，戴斯塔吉，老实在这儿待着。

"水！水！水！水！"

亚辛抽噎着说。你跪下来，从包袱里拿出一个苹果，递给他。

"不，我想喝水，水！"

你把苹果丢在地上，用最后的力气站起身，一手抓着亚辛，一手抓着包袱，埋怨着疾步走向小店。

这是一个由几道横梁和三面土坯墙组成的小棚屋。正面由排列略显混乱的木质框架构成。从木质框架上伸出几片塑料，权当窗户。一个男人坐在柜台后面。他胡子乌黑，剃光的头上盖着一顶花边圆帽。他身穿一件黑马甲，纤细的上半身几乎完全被笨重的磅秤挡在后面。他低着头，正在全神贯注地看书。听到你的匆匆脚步和喃喃自语，他抬起眼，扶正眼镜。尽管他表情关切，但眼中的光芒十分惊人，透过镜片，显得愈发明亮。他的嘴唇上现出一个善意的微笑；这是在欢迎你，他开口问道：

"你是从矿区回来了吗？"

你吐出嘴里的嚼烟，谦卑地回答：

"唉，我的兄弟，我们还没去呢。我们在等车经过。我孙子太渴了。要是你能发发善心，给他点水喝……"

摊主拿出水壶，把水倒进一个铜杯里。

在他身后的墙上，有一面巨幅墙绘：在一块大石头后面，一个人手拉着魔鬼，二者偷偷地看着一个老人掉进一个坑里。

摊主把杯子递给亚辛，然后对你说：

"你从很远的地方来？"

"从阿布阔来。我的儿子在矿区工作，我来看他。"

你注视着警卫的小屋。

"那里的情况很糟吗？"

摊主试着攀谈，但你的眼睛始终盯着那间小屋，没有说话，仿佛没听见一样。实际上是你不想听到，或者不愿意回答。好了，兄弟，别搭理戴斯塔吉了。

"我听说上星期苏联人毁了整个村子，是真的吗？"

所以你永远不能太平。你是来找水的，不是来找眼泪的。只是一滴水！行行好，兄弟，看在主的份上，不要在我们的伤口上撒盐了。

怎么了，戴斯塔吉？就在不久前，你的心还沉甸甸的。你已经准备好和随便什么人聊随便什么事情。终于有一个人，可以让你把心交托给他，他的目光就已经是一种安慰。说点什么吧！你的眼睛没有离开警卫的小屋，回答道：

"对，兄弟。我在那儿。我目睹了一切。我看到了自己的死亡。"

你不再说话了。如果你继续聊下去，就有可能错过车。

摊主摘下眼镜，头探出窗户，想看看是什么让你如此关注。看到小屋，他就明白了，说：

"我亲爱的兄弟，现在还早得很。车通常下午两点经过，你还有两个小时的时间。"

"下午两点？为什么警卫什么都没告诉我？"

"可能是因为他对这个一无所知！你不要责怪他。汽车几点经过是随机的。再说了，这个国家有什么是准时的吗？今天……"

"爷爷，我想要枣①。"

男人被亚辛打断了。你从亚辛手里接过杯子。他还没有喝完。

"先把你的水喝干净。"

"我想要枣！！！"

你把杯子伸到他的嘴边，严厉地示意他喝完。亚辛把头转到一边，又开始抽噎：

"枣！枣！"

摊主抓了一把枣子，隔着柜台递给亚辛。亚辛接过去，在你脚边席地坐下。你站在那里，手里握着杯

---

① 原文为 senjet，指阿富汗的一种小红枣。

子，试图保持冷静。唯有真主[①]！你深吸一口气，泄气地说：

"这孩子要把我逼疯了。"

"别这么说，老爹。他还是个孩子，他不懂。"

你比刚才更深、更痛苦地吸气，又说：

"唉，我的兄弟，问题不在于他懂不懂……这孩子聋了。"

"愿主保佑他康复！他出了什么事？"

你把杯里的水喝掉，然后继续说：

"村子被轰炸的时候他被震聋了。我不知道该怎么让他理解我了。我像以前一样和他说话，骂他……只是因为习惯……"

你一边说，一边把杯子递回柜台，那人接了过去。

---

① 原文为 Lâ Hawl，完整说法是 Lâ Hawl Wallâ（引自《古兰经》），字面意义为"唯有真主才有权力审判"。在日常用语中作为控制怒火的感叹词。

他悲悯的目光投向亚辛，然后转向你，最后落在空杯子上……宁愿保持沉默……他一声不吭地退到店内，从架子上翻出一个小杯子，往里面倒了些茶，端给你。

"喝口茶吧，兄弟，你累坏了。时间还不急。我了解所有去矿区的车。要是有车来了，就交给我，我会提醒你。"

你朝警卫的小屋看了一眼，在短暂的犹豫过后，拿起了那杯茶。

"你有一副好心肠。愿你的祖先安息！"

那人看着你把茶喝下去，露出亲切的微笑。

"你要是冷的话，就进店里来吧。你孙子看起来也挺冷的。"

"愿主护佑你，兄弟，我们在这里就好，外面有太阳。我不想多打扰你。而且万一车来了……我把茶喝完就告辞。"

"尊敬的老爹，我刚刚和你说了，有车来我会提醒你的。从这里你可以看到车开过。好吧，如果你不愿意的话，那就另说。"

"主为我见证，我的兄弟，这不是我愿不愿意的问题，是警卫不是那种会让汽车等我的人。"

"相信我，老爹，他给过路车发通行证并打开关卡要花好一段时间。另外，这个警卫，他不是个坏人。我很了解他。他在这里待了很久了。是伤痛让他的心变硬了。"

他停顿了一下，将一支烟放到嘴边点燃，接着平静地说：

"老爹，你知道，悲痛要么化成泪水，从眼睛里流出来；要么化成尖刀，从嘴里吐出来；要么变成炸弹埋进心里，总有一天会爆炸，把你也引爆……那个警卫法塔赫，他的悲痛可以说是三者具备。他来见我的时候，悲伤流淌在眼泪里；当他独自在小屋里，悲伤就变成了炸弹……当他出来见到其他人，悲伤就变成了刀片，他想……"

你没有听到下文。你在内心深处迷失了，你的苦闷就潜伏在那里。那么你的悲痛又如何呢？它变成泪水了吗？没有，否则你会哭的。那变成了匕首？没有，你还没有伤害到任何人。变成了炸弹？可你还活着。你无法描述你的悲痛：它还没有成形。现在还为时过早。如果它能在成形之前消散、消失就好了……它会消失的，毫无疑问，是的……等你看到你的儿子穆拉德的时候……穆拉德，你在哪里？

　　"老爹，你在想什么？"

　　那人的问题打断了你的内心之旅。你谦卑地回答：

　　"没什么，你刚刚说的是悲痛……"

　　你把茶杯还给他，手伸进口袋，拿出那盒嚼烟，放了一点到舌头下面。你走到支撑小店铁皮屋顶的一根木柱子旁边，倚柱坐下。亚辛正在安静地玩枣核。你挽着他的胳膊，把他拉到你身边。你刚准备说些什么，一阵脚步声让你闭上了嘴。

一个穿军装的人走过来。

"赛俩目，米尔扎·卡迪尔。"

"瓦来库姆①，哈什马特·汗。"

士兵买了一盒火柴，与商人攀谈起来。

在你身旁，你的孙子正专注于一只蚂蚁，蚂蚁是被嚼烟留下的绿色斑点吸引到商店跟前的。他捏着一个枣核搅和嚼烟、泥土和蚂蚁。蚂蚁在绿色的混合物中挣扎。

士兵向米尔扎·卡迪尔请辞，从你身前走过。

---

① 原文为一人问 Salam（赛俩目），一人答 Walekom（瓦来库姆）。是阿拉伯语 Salaam aleikum（意为"愿真主的平安在你之上"）的变形。阿富汗常用的问候语。

亚辛在士兵留下脚印的地方用枣核翻土。

蚂蚁消失了。蚂蚁、泥土和嚼烟都粘在了远去的士兵的鞋底。

米尔扎·卡迪尔从磅秤后面离开，退到商店的一个角落，开始正午祷告。

你已经一个星期没有祈祷了，没去清真寺，私下里也没有。你的衣服不适合祈祷。一个星期以来，你日日夜夜都穿着同样的衣服。主是仁慈的……

无论你祈祷与否，事实是，主并不太关心你。若是祂能有一刻想到你，关注你的苦闷！……唉，主抛弃了祂的造物……因为如果这就是神关心其造物的方式，那么这个无能的你，早该主宰一千个世界了。唯有真主！戴斯塔吉！你亵渎神明！该死的撒旦的试探！该死的你！想点别的东西吧！怎么？你不饿吗？把你的嚼烟吐掉！

"嗨，你这人！你的舌头会坏掉的。你所有的器官都会坏掉。最近你除了嚼烟什么都不吃。"

你听到穆拉德母亲的声音，这是她每天坐下吃饭时常说的话。尤其是在穆拉德进监狱的那段时间，你一直舌头底下塞着嚼烟，想尽办法逃避吃饭。你溜进家里的小花园，借口最后晒会儿太阳，顺便除除杂草。在那里，你坐在花枝下面，向大地倾吐你的悲伤。你妻子的声音在花园里回荡。她说，等你死后，一直到最后的审判为止，你会满嘴都是泥土，你自己会化成尘土，然后重新长成烟草。她说，到了地狱，你会在烟草的烈焰里燃烧……直到永远！

最后的审判还离得很远，你就已经在燃烧了。对你来说，地狱之火和烟草烈焰还有什么可怕的！

你把嚼烟吐到远处，从红布包里拿一块面包，和亚辛分着吃。

你的牙不太好使。噢不对，是面包放了好几天，已经硬了。而如果有一样东西还好好的，那就是你的牙齿。真正的问题是没有面包！如果你有得选就好了。牙齿还是面包！这可能由人的自由意志来决定吗？

你从包袱里拿出一个苹果。你又开始指责主。你恳求祂从祂的基座上下来。你摊开苹果花围巾，仿佛在邀请祂同你分享那不新鲜的面包。你想知道是什么让祂责怪你，才为你降下如此命运……

"士兵说苏联人毁了整个村子。"

米尔扎·卡迪尔站到你和你的主中间。你为他祝福，因为他问了你这个问题，使你免于同主开战。你祈求主的宽恕，并对米尔扎·卡迪尔说：

"这是轻描淡写的说法，我的兄弟，他们没有放过任何一条生命……我自问主在责怪我们什么……我们的村庄已经化作尘土。"

"他们为什么要袭击那里?"

"你知道,我的朋友,在这个国家,如果你问为什么,得先从让死者在坟墓里说话开始。我知道什么呢?为什么?前段时间,一帮反政府的叛军来募兵。一半的年轻人逃走了,另一半躲了起来。那群民兵借口挨家搜查,抢走了一切,洗劫了一切。半夜,从邻村赶来的人屠杀了民兵……早上,他们带着藏起来躲避红旗的年轻人一起离开……到了第二天,苏联人就来了,村子被包围了。我当时在磨坊里。突然有一声爆炸的巨响。我出门去,看到的只有大火和烟尘。我跑向我的家。为什么我没有在回家之前被弹片杀死?我犯了什么罪,被判处活着,做见证……"

你的喉咙打了结,泪水在眼里翻涌。不,那不是眼泪,那是你的悲痛在融化,在流走。让它流吧。

在四面墙之间，米尔扎·卡迪尔沉默得像一幅画，仿佛成了身后那幅画的一部分。

你继续讲：

"我逆着大火和烟雾跑向我家。路上，我看到了亚辛的母亲。她全身赤裸着在奔跑……她没有在哭叫，而是在笑，看起来就像一个到处乱跑的疯女人。炸弹落下时，她正在土耳其浴室里……浴室爆炸了……里面的女人们死了，被活埋了……但我的儿媳……真希望我能失去这双眼，看不到她如此不体面。我试图抓住她，但她消失在火海里。我不知道我是怎么找到家的。什么都不剩了……它已经变成了我妻子、我的另一个儿子、他的妻子和他们孩子的坟墓……"

你的喉咙濒临爆炸。一滴泪掉下来，掉到眼睛下面时，被你用头巾下摆的一端接住。你接着说：

"只有这个孙子活了下来。他听不到我的声音。我觉得我好像在和一块石头说话。这让我心都碎了……仅仅说话是不够的，我的兄弟，如果你不能被听到，那是没有用的，这就像眼泪……"

你把亚辛的脸贴在你身上。

孩子抬眼看向你。他望着你，叫起来：

"爷爷哭了，我叔叔死了，比比① 走了……卡德尔死了，波波② 也死了！"

这一个星期以来，每当看到你落泪，亚辛就会重复这些话。每次他都会讲述并模仿爆炸的场景：

"炸弹太强了。它让所有东西都安静了。坦克车抢走了人的声音，离开了。它们连爷爷的声音也夺走了。爷爷不能说话了，他也不能再骂我了……"

---

① 原文为 bibi，指奶奶。
② 原文为 bobo，指妈妈。

孩子大笑着跑向警卫的小屋。你喊他：

"回来！你要去哪儿？"

这是无用功。让他玩会儿吧。

到此为止，米尔扎·卡迪尔一直保持沉默，找不出话能对你的痛苦表达同情。慢慢地，他遮在胡子里的嘴开始咕哝，试着向你表示慰问。

然后，他逐字逐句地说：

"尊敬的老爹，现在这世道，罹难者比幸存者更幸福。还能如何！时事艰难。人们不剩一点尊严。权力就是人们的信仰，而非信仰是人们的权力。再也没有名副其实的人，再也没有英勇的人。有谁还记得鲁斯塔姆[①]。

---

① 鲁斯塔姆（Rostam）：扎尔（Zâl）之子，《列王纪》（Shahnama）中的传奇英雄。这部著名的史诗是由 11 世纪伟大的波斯诗人菲尔多西（Ferdoussi）所著，讲述了波斯东部和西部两个敌对部族之间的对抗。在此期间鲁斯塔姆杀死了他的儿子苏赫拉布（Sohrab），而他甚至不曾知晓儿子的存在。

如今，苏赫拉布①正在谋杀他的父亲，而且，请原谅我这么说，正在玷污他的母亲……又到了佐哈克②的蛇的时代了，这些蛇以我们的年轻人的脑子为食。"

他暂停了一下，点了一支烟，指着墙上的画，继续说道：

"另外，年轻人本身就是今天的佐哈克人。他们与魔鬼缔约，把自己的父亲推进坑里……总有一天，献祭的将是他们自己的脑子。"

他的目光与你相遇。你的眼睛紧盯着门。小店现在变成了一个宽敞的房间，房间的尽头，你叔叔正坐在他的水烟壶旁边。你还是亚辛那么大的年纪，蹲在你叔叔

---

① 苏赫拉布：鲁斯塔姆之子，鲁斯塔姆与土兰（Touran）国公主塔赫米娜（Tahmina）秘密结合所生。在两个王国之间的著名战役中，他与父亲互为敌手，鏖战中被父亲误杀。

② 佐哈克（Zôhak）：《列王纪》中的传奇暴君，双肩各生一条蛇，蛇以国中年轻人的大脑为食，以此巩固他的权力。

的脚边。他大声朗读《列王纪》，说到鲁斯塔姆、苏赫拉布、塔赫米娜……说到鲁斯塔姆和苏赫拉布之间的战斗……说到救了鲁斯塔姆性命的护身符①，说到苏赫拉布的死亡……你的弟弟哭了起来，走出房间，把头枕在你母亲的腿上，啜泣着说：

"不，苏赫拉布比鲁斯塔姆更强！"

你的母亲回答他：

"没错，我的儿子，苏赫拉布比鲁斯塔姆更强。"

你也在哭，但你没有离开房间。你一声不吭，眼里泛着泪光，坐在叔叔的脚边，想知道苏赫拉布死后，鲁斯塔姆还能否继续战斗……

米尔扎·卡迪尔的轻咳把你从这场向孩提时代的逃

---

① 据《列王纪》记载，鲁斯塔姆与塔赫米娜结合后，留下一个玉石做的护身符作为信物。在战场上将苏赫拉布杀死后，他才靠苏赫拉布手臂上佩戴的玉符认出是自己的儿子。——译者注

亡中拉了回来。

商店又重新变小了。米尔扎·卡迪尔的头出现在窗口。他问：

"你要去矿上和你儿子一起工作吗？"

"不，兄弟，我只是想看看他……他对家人遭遇的不幸还一无所知。不过最可怕的，是要把这样的事告诉自己的儿子。我不知道该怎么办才好。他不是那种会安静忍受的人……他宁可被夺去生命，也不愿别人碰他的荣誉！他会当场暴怒的……"

你把手放到额头上，闭上眼，继续说：

"我的儿子，我唯一的儿子，他一定会疯掉……我最好什么都别说。"

"他是个男人，老爹！你得告诉他！他必须接受。总有一天他会发现的。最好由你来告诉他。陪在他身边，分担他的痛苦。不要让他一个人待着！让他明白，生活就是这样，他在这世上并不是孤身一人，他还有你们，有你和他的儿子。你们应该互相支持……这般不幸是每个人的命运，战争没有慈悲心。"

米尔扎·卡迪尔把头靠向门，压低声音：

"……战争的法则就是献祭的法则。在献祭中，要么血溅喉咙，要么血染双手。"

被一种无助感所侵蚀，你机械地问道：

"为什么？"

米尔扎·卡迪尔扔掉手里的烟，继续用低沉的声音说：

"我的兄弟，战争和献祭遵循同样的逻辑。没有为什么。重要的不是原因或结果，而是行为本身。"

他不再多言，看着你的眼睛，试图从中判断他的话效果如何。你点点头，好像听明白了的样子。然而在内心深处，你依然想知道战争的逻辑是什么。他的这些话很好，但对你和你儿子的悲伤没有帮助。穆拉德并不是那种会对战争的逻辑和法则进行深入哲学思考的人。对他来说，血债就要用血来偿。他一定会去报仇，哪怕代价是付出生命。这是唯一的出路！而且，即使双手沾满鲜血，他也根本不会在乎。

"老爹，你人呢？你孙子要把我弄疯了！"

警卫的怒号把你吓了一跳。你冲向小屋里，大喊着：

"我来了，我来了！"

你看到亚辛站在小屋跟前，正在用石子砸它。警卫躲在后面，厉声咆哮。你跑到亚辛身边，狠狠扇了他一耳光，夺走他手里的石子。警卫气得发疯，从他的掩体后面出来：

"你孙子疯了！朝警卫室丢石头。我让他停下来他也不听！他是傻了还是怎么……"

"请接受我的道歉，小兄弟，这孩子聋了，他听不到……"

你领着亚辛回到小店。米尔扎·卡迪尔走出来，笑着朝警卫那边过去。

你重新倚在木柱上，把亚辛的头拨过来靠着你。

亚辛没有哭。他一如往常，一脸困惑。

他问：

"坦克车也来过这里吗？"

"我怎么知道。安静。"

你们没有说话。你们都知道，这样你问我答不过是徒劳。然而，亚辛又开口了：

"它们肯定来过。商店里的先生没有声音，警卫也没有声音……爷爷，苏联人是不是来把所有人的声音都抢走了？他们要这些声音干什么？你为什么让他们拿走你的声音？因为他们说不给就把你杀了吗？比比没有给，所以她死了……如果她在的话，她会给我讲《卡尔卡什老爹》①的故事的。不对，如果她在的话，她也不会有声音了……"

他沉默了一会儿，又问：

"爷爷，我有声音吗？"

你违心地接话：

"有！"

他把问题重复了一遍。你看着他，点点头。孩子又沉默了一下，然后问道：

"可是那为什么我还活着呢？"

他把脸埋在你的上衣底下，就好像想把耳朵贴在你的胸口，好听到里面的什么声音似的。什么也听不到。

---

① 《卡尔卡什老爹》（Bâba Khârkash）：波斯童话，与夏尔·佩罗的法国童话《小拇指》近似。

他合上双眼。在他的身体内部，一切都是有声音的。这一点毋庸置疑。真希望你能进到里面去，把《卡尔卡什老爹》的故事讲给他听。

你妻子颤抖的声音传进你的耳朵。她在说：

"很久很久以前，有一位卡尔卡什老爹……"

这会儿，你像条虫子一样光着身子，站在一棵枣树的粗枝上。你上树替亚辛摇晃树枝。亚辛在树下捡拾掉落的枣子。突然，你不由自主地尿了出来。亚辛哭着跑到远处，去另一棵树下坐着。他把包袱里的苹果全部丢掉，把枣子包进去，打了个结。然后用小手挖起土来，发现地上出现了一扇门，一把大锁挂在上面。他用枣核打开门锁，进入地下。你叫道：

"亚辛，你要去哪里？等等我，我来了！"

亚辛什么也没听到，走掉了，门在他背后关上。你试图从树上爬下去，但树却越长越高。没等爬到地面，你就摔了下去……

你微微睁开眼，心脏在胸口剧烈搏动。亚辛依然安静地依偎在你身边。米尔扎·卡迪尔和警卫在小屋外面聊天。你勉力睁大双眼。你不想再打瞌睡，不想再做梦，但你的眼皮是如此沉重，你的意志又是如此无力。

你听到一个女人的声音：

"亚辛！亚辛！亚辛！"

是扎伊娜布，亚辛的母亲。她的笑声依然回荡在你耳边。声音似乎来自深处。你朝通向地下的门走去。它已经合上了。你呼唤扎伊娜布，声音传到门的另一边。门开了，警卫法塔赫出现在你面前。他微笑着迎接你，说：

"欢迎。进来吧，我在等你。"

你进入地下。门板在你身后闭合。你听到法塔赫在外面大笑。他喊道：

"你一直很想离开，不是吗！你已经缠了我大半天了。好了，祝你一路平安！"

地下又寒冷又潮湿，鼻吸间尽是泥土的气味。那里有一个大花园，光秃秃的，看不见花，也看不见绿叶。狭窄的泥泞小道在一片叶子都没长的橡树之间穿过。

扎伊娜布在一棵树下，赤身裸体，旁边有一个小女孩。你呼唤扎伊娜布，声音似乎没能传过去。她把女孩抱在怀里，用苹果花围巾包覆住。她在女孩脸上留下一个吻，走开了。亚辛待在一棵枣树的树枝上，也是一丝不挂。他向你解释说，这个女孩是他的妹妹，他把你妻子的苹果花围巾——就是你用来当包袱的那条，给了他的母亲，好帮妹妹御寒。亚辛什么时候有了一个妹妹？

就在几天前，扎伊娜布怀孕还只有四个月！她都已经生了？！她的女儿已经这么大了？！

你看着亚辛。他冷得打颤，想从树上爬下来，但到不了地。树一直在长高。亚辛开始啜泣。

片片雪花飘落至你的肌肤，很快覆盖了小路。

扎伊娜布躲到树后，身子动了。她跑了。你再次呼唤她，徒劳无果。她赤身裸体地踩在雪上，小女孩在她怀里。

她笑起来，没有在雪地上留下一点痕迹，但脚步声却回荡在花园里。亚辛呼唤他的母亲。他的声音变了，变成了他母亲的尖声……你观察他的身体，发现那成了一个女孩的身体。原本长着小鸡鸡的地方，只有一个小女孩的外阴。你被吓坏了，不由自主地呼唤穆拉德。你的声音被锁在喉咙里，回荡在胸腔里。那声音变成了亚辛的声音，细弱的、抽抽搭搭的，充满了惊讶、痛苦和怀疑：

"穆拉德，穆拉德！穆拉德？"

一双手搭上你的肩膀。你转过身来，几乎僵硬着。是米尔扎·卡迪尔在用他永恒的微笑对你说：

"佐哈克的蛇不再满足于吃我们的年轻人的脑子了，现在它们要的是阴茎！"

这下你完全石化了。你想从米尔扎·卡迪尔沉重的手掌下脱身，但动不了分毫。

你睁开眼，满身大汗，心脏狂跳，手直哆嗦。

你看到一双亲切的眼睛。

"老爹，起来吧，车来了。"

一辆车？做什么的？你想去哪里？你在哪里？

"老爹，有辆往矿区去的车。"

你认出了米尔扎·卡迪尔的声音。你回神了。亚辛在你怀里酣然睡着。你正打算把他叫醒，米尔扎·卡迪尔说：

"老爹，把你孙子留在这里吧。你先自己去，和你的儿子单独谈一谈。然后再回到这里来。矿区没有地方供你们两个人睡觉。而且，如果你儿子看到他的孩子是这种状况，他会更加难受的。"

也好。想象一下亚辛要是到了他父亲跟前，他会扑到穆拉德怀里，不等你开口，他就会开始喊："叔叔死了，波波死了……卡德尔死了，比比死了。爷爷哭了……"穆拉德若是听到这话，心脏会当场停跳的。你要如何才能让亚辛明白他应该闭嘴？

你接受了米尔扎·卡迪尔的提议，但一种极度的不安缠绕着你。你只剩下这一个儿子了，儿子也只有这一个孩子了，你怎么能把这个孩子丢给一个陌生人？你认识米尔扎·卡迪尔不过两个小时。穆拉德会怎么说？

"老爹，你到底来不来？"

是警卫的声音。你站在米尔扎·卡迪尔面前，张口结舌，满目犹疑。该怎么办？亚辛还是穆拉德？戴斯塔吉，现在可不是思考的时候！把亚辛托付给主吧，快去穆拉德那里。

"老爹，车要走了。"

"亚辛交到你和真主的手中。"

米尔扎·卡迪尔的目光和笑容驱散了你的最后一丝恐惧。

你拿起红布包袱，走向小屋的方向。一辆巨大的卡车在那里等你。你和司机打了个招呼，然后上车。警卫站在他的小屋跟前，依旧无精打采，麻木不仁，穿着装装样子的制服，嘴角永远挂着抽了半截的烟头。他把通往矿区方向的路障移开，向司机示意：

"出发吧！"

司机和你聊了几句，警卫就破口大骂：

"沙马德！你到底走不走？"

沙马德挥手致歉，发动汽车。

卡车全速开进矿区。你看着后视镜，警卫和他的小屋消失在飞扬的尘土之中。不知道为什么，这情景让你有些快意。得了吧，警卫也没有那么糟糕。他经历过太多悲痛了，仅此而已。小兄弟，请原谅我的烦扰。感谢你的父亲。

你的心怦怦直跳。重逢在即。穆拉德就在这条路的尽头。祝福这条穆拉德多次借道的公路。你甚至想请沙马德停车，让你下去，拜伏在曾经亲吻过你儿双脚的这片土地、这些石头、这些荆棘跟前。不过是穆拉德脚下的尘埃罢了！

"等了很久吧？"

沙马德的问题把你从极乐中唤醒。

"从早上九点开始。"

你们之间恢复了沉默。

沙马德是个年轻人，应该有三十岁左右，也许更小。黝黑的皮肤、发灰的面颊和上面纵横交错的皱纹让他很显老。油光光的头发上盖着一顶老旧的卷毛羔皮无檐软帽。黑色的小胡子遮住了他的上唇和黄牙。他的头朝前倾，挂着两个黑眼圈，眼珠不断地转动，将目光投向各个方向。

一支抽了一半的烟夹在他的右耳后面。烟味飘进你的鼻子。起初，你还以为是闻到了煤的味道，矿井的味道，穆拉德的味道。近在眼前的重逢会让你的双眼燃起

光芒。你要亲吻他的额头，或者他的脚。你要亲吻他的
眼睛，他的手。就像一个重新找到父亲的儿子。是的，
你就是穆拉德的儿子，他将拥抱你，他将安慰你。他将
握住你颤抖的双手，对你说：

"戴斯塔吉，我的儿子！"

要是你能成为他的儿子，成为亚辛就好了。成为像
亚辛一样的聋子。你会看到穆拉德，而听不到他说话。
这样你就不可能听到他问："你怎么来了？"

"你要去矿区干活吗？"
"不，我要去看我的儿子。"

视线迷失在山谷起伏的线条之中。你喘了口气，继
续说：

"我要去往我儿子的心口插一把匕首！"

沙马德惊愕地看向你，然后笑着说：

"伟大的主啊。谁能想到我载着一位骑士！"

眼睛始终没有离开山谷，没有离开它的黑石、灰尘和荆棘，你反驳道：

"不是这样的，小兄弟。我承受着巨大的悲痛，而悲痛有时会变成匕首。"

"你说话的方式好像米尔扎·卡迪尔。"

"你也认识米尔扎·卡迪尔吗？"

"谁不认识他。他就像我们所有人的老师！"

"他是一个好心人。我以前不认识他，但刚刚和他一起待了两个小时。我被征服了。他的话总是正确的，能够立刻激起人的信任。和他在一起，可以敞开心扉地交谈。像米尔扎·卡迪尔这样的人如今已经不多见了。你知道他从哪里来吗？"

沙马德从耳后拿起烟头，夹在干裂的双唇之间，然后点燃。他深深地吸了一口烟，屏住气，说：

"米尔扎·卡迪尔来自喀布尔，肖巴扎尔区 ①。他来这里开店的时间不长。他不太喜欢聊自己的事。只要他信任不足，就会保持神秘。我花了一年时间才知道他从哪里来，为什么来。"

沙马德沉默了一下，你更想了解关于米尔扎·卡迪尔的事了。这很正常，毕竟你刚刚把你的孙子、穆拉德的儿子托付给他。

沙马德继续说：

"他从前在肖巴扎尔开店。每天晚上，商人都会变身吟游诗人，吸引一群人聚在周围。他很受尊敬。直到有一天，他年轻的儿子被征召入伍了。一年后，当儿子服

---

① 肖巴扎尔区（Shorbazar）：位于阿富汗首都喀布尔东南部，喀布尔最古老的居住区之一。——译者注

完兵役回来时，已经晋升中尉。一个傀儡中尉！他被派去俄国，米尔扎·卡迪尔对此很不高兴。他想阻断儿子的军旅生涯，儿子却已经被制服、金钱和武器迷了眼，于是逃走了。米尔扎和他就此断绝关系，他的妻子抑郁而死。米尔扎不得不放弃他的店和家，匆忙离开喀布尔。他到煤矿工作了两年，用自己的第一笔积蓄开了这家店。从早到晚，他都坐在小店里，要么写作，要么阅读。他不需要给任何人交代。如果他喜欢你，他可以把你当作老师一样崇拜；如果他不喜欢你，最好连你的狗都不要打他门前经过……有时候我会在他店里待到天亮，听他讲故事，念诗歌。他对《列王纪》烂熟于心。"

米尔扎·卡迪尔的话在你疲惫的耳边絮絮响起。他在谈鲁斯塔姆、在谈苏赫拉布、在谈今天的苏赫拉布……你的思绪飘到你自己的苏赫拉布身上。不！你的穆拉德不是那些杀父的苏赫拉布中的一员。可你……

你是鲁斯塔姆！你正要把悲伤的匕首刺进你儿子的心脏！

不，你不想成为鲁斯塔姆。你只是戴斯塔吉，一个无名的可怜的父亲，而不是一个痛悔不已的英雄。穆拉德是你的儿子，而不是一个英勇的烈士。把鲁斯塔姆留在文字的摇篮里；把苏赫拉布留在纸上的棺材里。回到你的穆拉德身边，回到他握住你颤抖的双手、疲惫地注视你湿润的眼睛的那一刻。你恳求哈里发阿里 ① 帮助你找到恰当的表达：

"穆拉德，你的母亲为你献出了生命⋯⋯"

不，为什么要从他母亲开始？

---

① 哈里发阿里（le calife Ali）：指阿里·伊本·艾比·塔利卜（Alī ibn Abī Ṭālib）。穆罕默德逝世后的第四个继任者，也是第四任哈里发。哈里发为阿拉伯语的音译，意为真主使者的"继承人"或"代理者"，又称"纯洁的哈里发"或"正统哈里发"。——译者注

"穆拉德，你的兄弟……"

为什么从他兄弟？

可是，那怎么办，该从哪里开始讲起？

"穆拉德，我的儿子，我们的家被毁了……"

"为什么？"

"因为爆炸……"

"有人受伤吗？"

沉默。

"亚辛在哪儿？"

"他还活着。"

"扎伊娜布呢？"

"扎伊娜布？……扎伊娜布在……村里。"

"那妈妈呢？"

现在你不得不说：

"你的母亲为你献出了生命……"

穆拉德哭了。

"我的儿子，你是个男人！男人迟早要经历这种事……对你来说是失去母亲，对我来说是失去妻子。她已经走了。当死亡来临的时候，无论是母亲还是妻子，都不重要了。我的儿子，死亡途经了我们的村子……"

接下来告诉他妻子的事，兄弟的事……然后告诉他亚辛还活着，你把亚辛托付给米尔扎·卡迪尔是因为孩子累坏了，他在睡觉……对他的情况不要透露半个字。

对面驶来一辆卡车，中断了你与穆拉德的交谈。那辆车全速通过你们身侧。一时间尘土飞扬，层峦叠嶂的山谷不见了。沙马德减慢车速，问你：

"你要和你儿子一起过夜吗？"

"我不知道他那里有没有地方。"

"他会想办法的。"

"无论如何我都得回来。我把孙子撇在米尔扎·卡迪尔那里了。"

"你为什么没把他带上？"

"我很害怕。"

"害怕什么？"

"和你说这些只会让你徒增伤心，有什么好处呢？"

"不用担心我，只管说！"

"……那我讲给你听。"

沙马德没有言语。也许他不敢坚持。他一定认为是你不想说话。会是你不想吗？自从村子被毁了以后，你有过一点机会好好哭一场吗？你有与谁分享过你的悲痛，和谁一起哀悼过吗？每个人都在忙着处理自家的死者。你的兄弟坐在一堆废墟跟前，不知疲倦地寻找一句熟悉的抱怨。你的堂兄哭泣着，在残垣里徒劳无功地扒拉一块布头、一片衣服，用以埋葬逝者。你的姐夫躺在一头被牛圈砸死的牛的肋上，吸着它僵硬的乳房，大声笑着……

而你，至少还有亚辛。诚然，他听不到你的哭声，但他是你所历经的不幸的见证人。再者说，你有为其他人的悲伤而担心过吗？你只是一心想逃离所有人。你和废墟上或者墓地里的一只猛禽没有什么两样，除了生存驱动，别无任何感情。如果没有穆拉德，没有亚辛，你永远不会离开这个地方。感谢真主，穆拉德还在，亚辛还在。否则你就会在那里一直待到化作尘埃。

戴斯塔吉，你又跑偏到哪里去了？沙马德想知道你为什么没有带上亚辛。你跑神了，跑得太远了……进入了心神的地狱。跟他说点什么！说说你的死亡！加把劲。你逝去的家人们，应当是值得旁人为之祈祷的！时至今日，除了米尔扎·卡迪尔，还有谁向你表达过慰问？谁为他们祈祷过灵魂的安息？接受吧，让旁人分担你的痛苦，为你家中的逝者祈祷吧。说点什么！

于是你娓娓道来。谈到你的村子变成废墟，谈到你的妻子、儿子们、儿媳们、亚辛……

你哭了。沙马德缄默不语，哑掉了。他的眼睛十分动摇，拼命挣扎着想说点什么，终于找到了一个句子。他喃喃地祈祷，向你表示哀悼，然后又陷入沉默。

你还在继续讲。现在谈的是穆拉德。穆拉德，你说你不知道要如何向他宣告他母亲、妻子和兄弟的死亡。沙马德仍然一言不发。你想让他说什么？他所有的愤怒都流向了双腿。他的腿变得沉重，卡车行驶的速度也昭示了这一点。你也静默下来。

卡车的颠簸和单调的嗡嗡声让你有点想吐。你想闭目休息一会儿。

一辆军用吉普车从卡车后面出现，超到前面去，在山谷间扬起一片褐色的尘雾。

在一片黑暗的尘埃中，你看到穆拉德的妻子，正在卡车前头赤裸地奔跑。她的湿发在风中飞舞，在尘雾中划出一道线，仿佛在用头发扫荡空气。她瓷白的乳房在胸前优雅地跳舞，水滴像露珠一样从皮肤滑落到地上。

你呼唤她：

"扎伊娜布！离卡车远一点！"

你的声音被困在卡车里，并没有传到外面。它在车内回响，始终没有消失。你想摇下车窗，让你的声音逃到扎伊娜布那里。可你没有力气动。你感觉浑身沉甸甸的。红色的包袱重重地压在你的膝头。你想把它提起，放到一旁。可你举不动。你把它解开，里面的苹果都变黑了，烧焦了……烧焦的苹果。你内心发笑，一个苦涩的笑。你想问问沙马德，对烧焦苹果之谜有什么看法。可你面前不是沙马德，是穆拉德。你不能自已地大叫出声。你不知道这是恐惧、惊讶还是喜悦所致。

穆拉德没有看向你。他的眼睛盯着公路，盯着扎伊娜布。你又喊一声，穆拉德没有听到。也许他也聋了，像亚辛一样。

扎伊娜布仍然在卡车前面奔跑。灰尘慢慢地在她白色的、潮湿的皮肤上沉淀下来。一层黑色的尘沙笼住了她的身体。她不再是一丝不挂。

卡车一阵颠簸，扎伊娜布在你的视野中变小，最后消失，道路再次被棕色的尘土所覆盖。

你深吸一口气，偷偷地看了一眼沙马德。穆拉德不在那儿。感谢真主。你已经从梦境中脱离。你默默地环顾四周，包袱就躺在旁边。一个苹果从里面掉出来，滚落到座位上。

你惶然地瞥了一眼道路。没有扎伊娜布的身影。扎伊娜布把光裸的身躯投进了火焰里。她被活活烧死，赤裸地烧死，赤裸地离开这个世界。她在你的眼前燃烧，离开了这个世界。如何向穆拉德讲述这一切。应该告诉他吗？不。扎伊娜布也死了。就说这么多吧。她和其他人一样，死在家里，死在炸弹之下。她会上天堂。在地狱之火中焚烧的人是我们。罹难者比幸存者更幸福。

你学到了多漂亮的话啊，戴斯塔吉！但所有这些话都是无用的。穆拉德不是那种忍气吞声、躲进角落哭泣的人。穆拉德是个男人。戴斯塔吉的穆拉德，是一座勇敢的大山，一片骄傲的土地。对他的荣誉稍有染指，就会让他迸发出火焰。所以他会放一把火，又或者自己着火。他不会放任造成母亲、妻子和兄弟死亡的祸首不受惩罚。他将会报复。他必须报复。

报复谁呢？他一个人能做什么？他也会被杀的。戴斯塔吉，你真是神志不清了！血都积到头上去了！你疯了吗?

你只剩下一个儿子了,你想牺牲他吗?为了什么?为了赎回你妻子和另一个儿子的生命?戴斯塔吉,吞下你的怒火!放了穆拉德!让他活下去!愿我被割掉舌头!愿我就此伏地不起!穆拉德,好好睡吧。

你花了一些时间才在口袋里翻出那盒嚼烟。你推荐给沙马德,捏了一撮放在他手心。然后又取一撮,塞进舌头底下。你一直没有说话,目光随着快速后退的石头和荆棘而动。不是你从它们前面经过,而是它们向后溜去。你不会动,是生命在溜走。你已经被判了刑,刑罚就是活着,目睹生命流逝,目睹妻儿死去……

你的手在颤抖,心在动摇。一块黑色的面纱蒙上你的眼睛。你摇下卡车的窗户想透透气。但没有新鲜空气,有的只是沉重、稠密、褐色的空气。所以不是你的视力变得浑浊了,而是空气变得昏暗了。

"戴斯塔吉，你把我的苹果花围巾怎么样了？"

那是穆拉德的母亲。你看到你的妻子在山下奔跑，与卡车同速。你解开包袱，让烧焦的苹果滚落一地，然后把苹果花围巾从窗户丢出去。那块布飘浮在空中。穆拉德的母亲一边跳舞，一边向着她的围巾而去。

"我们到了。"

沙马德的话音响起，你眼中穆拉德母亲的镜像应声而碎。

你睁开婆娑的泪眼。矿场就在附近，穆拉德就在附近。你胸口发紧，心脏膨胀，血管收缩，血液凝固……你的舌头变成一截木头，一截烧掉一半的木头，一截火炭，一截没有声音的火炭……你的喉咙干涩，嘴里没有一滴唾液。水！水！你咽下口中的嚼烟，一股灰烬的味道侵入鼻腔。你深吸一口气，感觉闻到了穆拉德的味道。你使劲吸入肺里，令这气味填满整个胸腔。你从来没有发觉过，你的胸腔是如此之小，而心脏又是如此之大，就像你的悲伤一样大。

沙马德放慢车速，向左转弯。卡车抵达矿场的入口，停了下来。一间小木屋里走出一名警卫，它和道路另一头的那间屋子别无二致。警卫查看了卡车的证件，和沙马德交流了几句。

你静静地站着，一言不发，一动不动。其实你也没有力气动，连呼吸都被闭锁在胸中。你不过是一副空空荡荡的骨架。呆滞的目光穿过矿场大铁门的栅栏，你觉得穆拉德正在那扇门后面等待你。穆拉德，不要问戴斯塔吉来访的原因！

卡车缓缓通过警卫室，进入厂区。在一座大山脚下，小型混凝土立方体房屋一字排开。谁知道穆拉德在哪一个里面？一群戴着头盔、面色通红的人从山上下来。另一群人爬上去。你没有看到穆拉德。卡车向那排水泥小屋驶去，在其中一座跟前停下。沙马德请你在这里下车，和工头谈谈，好找到你的儿子。

有那么一瞬间，你毫无反应。手没有劲儿打开车门。你就像一个不愿意与父亲分开的孩子，无辜地问：

"我儿子在这儿吗？"

"当然，但谁知道具体在哪儿？你得去问问工头。"

"去哪里问？"

沙马德指了指卡车右侧的一栋建筑。

你颤抖的、迟滞的手痛苦地推开了卡车的门。一只脚踩到地上，你两腿发软，没有力气支撑整具身体。然而你本身并没有多重，是空气的重量压在了你身上。这里的空气既稠密，又沉重。

你把手撑在胁部。沙马德透过窗户把红包袱递给你，说：

"老爹，我大概五六点回城里，如果你想去的话，就在门口等我。"

愿主庇佑你。你把话咽进肚子里，只是点了点头。舌头没有力气动。事实上，是字句太过沉重，就像这空气……

卡车发动了。你在一片尘埃中，纹丝不动。

一群黑脸的矿工从你身边走过。穆拉德？不，他不在里面。去吧，找工头问问，找到你的儿子。

你想迈出一步。但双腿依然发软，迟滞，仿佛锚定在地底，锚定在炙热的地心，锚定在熊熊烈焰里……你的脚着了火。不要动，喘口气！平静一下！抬一下腿！你走得动的。那你还在等什么呢？

你来到工头所在的建筑跟前，在门口驻足。那是一扇雄伟的门，看起来像一个堡垒的入口。门的另一边会有什么呢？可能是一条大隧道，又长又深，深入地心，到尽头，到烈火里……

你把手放在门把上，它是滚烫的。

戴斯塔吉，你这是要去哪里？你想把匕首刺进你最后一个儿子穆拉德的心脏吗？你就不能把你的痛苦都留给自己吗？放过他吧！他总有一天会知道的。最好是通过别人。而你，你应该怎么做？离开，从他的生命中消失？不行。那怎么办？今天你没有勇气告知他，你已经筋疲力尽了，回头吧！明天再来！明天？可明天又会是同样的故事，同样的绝望。那么，就去敲响那扇门吧！你的手太沉了。你走了几步，离远了些。

你在干什么，戴斯塔吉？你要去哪儿？你就不能下定决心吗？不要抛弃穆拉德。做一个名副其实的父亲！

牵起你儿子的手，再次给他指明人生的前路，就像所有父亲会做的那样。

你走过去，抬手敲门。门发出刺耳的吱呀声，刺痛了你。一个光头的年轻男人出现在门口。他是个独眼龙。右眼透明的角膜上没有虹膜，取而代之的是一片细短的红色静脉网络。他端详了你一番，以头示意，发出询问。你竭尽全力地维持住自己的决心，答道：

"你好！我来见穆拉德，戴斯塔吉之子。我的儿子。"

这个人又把门打开了一点，脸上不再有疑问。他略显不知所措，转身看向一个正坐在房间尽头的大桌子后面写字的人。

"工头先生，这位是穆拉德的父亲。"

听到这里，坐着的那人仿佛全身变成了一大块石头。笔从他手中滑落。他的目光与你相遇。沉重的安静充斥着你们之间的这方天地。你以极大的努力，迫使身体保持直立，向房内迈了一步。但周围的寂静和工头的目光令你的肩膀渐渐垮了下去。你脚步踉跄，身子躬下去。戴斯塔吉，你干了什么？你要求见穆拉德。你要杀了穆拉德！……愿主保佑。你什么都不会说的。如果他问你为什么在这里，你会扯点别的东西，找个借口，只需要告诉他，他叔叔到村里来了，你陪他坐车回普勒胡姆里，趁机来看看儿子的情况。就是这样。现在你要回村了……愿真主保佑你，穆拉德！……

工头站起来，一瘸一拐地朝你走来。他抬起沉重的手，搭上你疲惫的肩膀。你觉得整个矿区，包括广袤的山丘、所有的煤炭、立方体水泥建筑，都压到了肩上。你的身体躬得更厉害了。工头在旁边走来走去。他身材高大，跛着脚。你的视线往上移，发现自己面对着一座山。大张的嘴像要把你吞了似的，巨大的黑牙穿透了厚重的胡须。他一身煤味。

"欢迎，尊敬的兄弟。你一定累了。坐吧。"

他把你领到桌子前面的一张木椅上。你就座后，工头一瘸一拐地回到桌子另一边的位置。在你对面的墙上，就在椅子上方，挂着一幅威严的画像：工头穿着军装，黑色的小胡子下面摆出一个胜利的微笑。

工头坐回他的椅子，一个字接一个字地说：

"穆拉德下矿井去了。正好轮到他的班。你想来杯茶吗？"

你用颤抖的声音说：

"你人真好，工头先生。"

工头叫刚才为你开门的那个人倒茶。

穆拉德现在不在这里，你松了口气。这给你留了些时间，组织一套自洽的说辞，寻找一些和缓的话语。也许工头可以帮帮你。你问：

"他什么时候回来？"

"晚上八点左右。"

八点？沙马德六点就走……那你上哪儿等他到八点？你要怎么办？有什么法子能让你过夜吗？那亚辛怎么办？

"尊敬的兄弟，穆拉德很好。他知道家人的遭遇。愿他们的灵魂得到安宁……"

余下的话你都听不到了。穆拉德知道？你重复着这句话，仿佛不明其意似的，还是说你听错了。这确实，到了这个年纪，听力已经很差了，听到的东西很容易歪曲。你高声问道：

"他知道？"

"是的，兄弟，他知道。"

那他为什么不回村？不，这不可能是你的穆拉德。这一定是别的穆拉德。确实，你儿子也不是唯一一个叫这个名字的人。在这个矿区也许有十几个穆拉德。工头一定是搞错了，你找的是戴斯塔吉的儿子穆拉德。他的听力也不行。再给他介绍一遍！

"我说的是穆拉德，戴斯塔吉之子，来自阿布阔。"

"完全正确，我说的就是他。"

"我的儿子穆拉德已经得知他的母亲、妻子和兄弟都死了，而⋯⋯"

"没错，我的兄弟。他甚至被告知你也⋯⋯真主护佑了你⋯⋯"

"我还活着。他的儿子也活着⋯⋯"

"感谢真主⋯⋯"

可别了。别感谢真主了！要是亚辛死了，戴斯塔吉也死了，那就更好了！这样，父亲就不必看到他的儿子如此不幸，儿子也不必看到他的父亲这般无助。

穆拉德怎么了？

他一定发生了什么事。矿井塌了，穆拉德当场被埋在了煤堆底下。工头啊，蒙主恩典，请告诉我真相。穆拉德怎么了？

你的眼睛剧烈地波动。你向周身的一切乞求一个答案，向那被铁钉侵蚀的桌子，向那把工头永远留在上面的画像，向那躺在纸上的笔，向你脚下塌陷的地板，向那似已坍塌的天花板，向那永远不再打开的窗户，向那吞没了你的孩子的矿层，向那熏黑你儿子骨头的矿井。

"穆拉德怎么了？"

你大声说。

"没什么，他很好。"

"那他为什么没回村里？"

"我把他拦下了。"

包裹从你的膝盖掉到地上。你的目光疯狂地乱转，最终迷失在工头脸上那些黑黝黝的皱纹之间。

你的脑子又一次塞满了问题，充满了仇恨。

他把自己当谁了，这个工头？他以为他是谁？你才是穆拉德的父亲，他可不是！他抢走了你的穆拉德。再也没有穆拉德了。穆拉德消失了……

工头沙哑的嗓音在房间里回荡：

"他想离开，但我没让。否则他也会被杀掉的。"

那又怎样！死亡总好过不名誉！

手下端来两杯茶，把其中一杯递给你，另一杯放在工头面前。他们交谈了几句，你听不到，或者不想听。

你颤巍巍地把杯子放在腿上。但你的腿也在颤抖，几滴热茶溅到膝盖上。没有灼烧感，因为你的内心已然在燃烧了，有一股更猛烈的火，这股火被来自朋友、敌人、亲戚或者陌生人刨根究底的提问煽得越来越旺：

"然后呢？"

"你看到穆拉德了吗？"

"你告诉他了吗？"

"你怎么和他说的？"

"他有什么反应？"

"他说什么了？"

你会怎么回答他们？什么也不答。你看到了你儿子。他什么都知道。但他没有回来体面地埋葬他的母亲、妻子和兄弟。穆拉德是个懦夫，穆拉德没有自尊心。

你的手哆嗦个不停，于是把茶杯放下。你感到体内有个东西濒临爆炸。你的悲伤现在已经成形，变成了一个炸弹，马上就要爆了，会把你炸死；就像警卫法塔赫那样。米尔扎·卡迪尔很了解悲伤……你的胸膛正在崩塌。就像一座老房子，一座空房子……穆拉德离开了你的胸膛。空荡荡的房子，塌了又有什么所谓。

"你的茶要凉了，可敬的兄弟。"

"那就算了。"

你不言不语，工头便继续说：

"就在前天，穆拉德的状况还很不好。他不吃不喝，躲进房间的一角，一动不动，也不睡觉。一天晚上，大半夜里，他突然一丝不挂地跑出去，和矿工们一起鞭打自己①，捶胸顿足直到天明。然后又绕着火堆跑，冲进火焰里。是他的朋友们救了他……"

---

① 部分地区穆斯林参加的自虐式宗教仪式。——译者注

你松开紧攥的两手，耸到耳朵附近的肩膀也放了下去。你认出了你的穆拉德。你的穆拉德不会屈服。要么放火，要么着火；要么毁灭，要么被毁。而这一次，是他着了火，是他被毁灭了。

可他为什么不回家？为什么他没有选择在家人的遗体面前自我牺牲？戴斯塔吉的穆拉德应该回到村子里，应该在他逝去的家属身旁鞭打自己，而不是在火堆旁边……别人告诉他你也死了。到了你死的那一天——总会有那一天的，毕竟你不是永生不灭的——他会做什么？他会看守你的遗体吗？会把你的棺材下葬吗？不会。你的尸体将在阳光下腐烂，没有裹尸布，也没有棺材……这个穆拉德不是你的穆拉德。穆拉德把他的灵魂出卖给了石头，给了火，给了煤，给了那个坐在你对面的一身煤味的人。那人说：

"穆拉德是我们这里最好的工人。下周我们会送他去上扫盲班，学习阅读和写作。将来有一天他会获得一个职位。我们已经选了他作矿工代表，因为他是个聪明、勤奋、懂得革新的年轻人。"

后面的话没有进入你的耳朵。你想到了米尔扎·卡迪尔。像他一样，你必须选择是留下还是离开了。如果见到穆拉德，你会和他说什么？

"还好吗？"

"还好。"

"你都知道了？"

"我知道了。"

"愿主护佑你。"

"你也一样。"

然后呢？没了。

"再见。"

“再见。”

你们彼此之间没有别的话可说。没有一个字，没有一滴泪，没有一声叹息。

你捡起掉在脚下的包袱。你不想把它留给穆拉德。苹果花围巾上还有你妻子的味道。你站起来，对工头说：

“我得走了。请告诉他，他的父亲来过，还活着，他的儿子亚辛也活着。请原谅……”

再见，穆拉德。你低着头离开房间。空气变得更加稠密，更加沉重，更加昏暗。你看看眼前那座山。它显得愈发高大、愈发漆黑了……面色更疲惫、比煤山更黑的男人们从上面走下来。这回，你没有像来时那样一一扫过他们的脸。但愿穆拉德不在其中！你向矿场的围墙走去，没走几步，就听一个声音，于是钉在原地。

“老爹！”

感谢主，是一个陌生的声音。你认出是工头的手下，他悄悄向你走来。

"老爹，我偷偷跟你说。他们告诉穆拉德，说抵抗组织和叛军杀了他全家，还说都是因为他在矿上工作的缘故。他们把他吓坏了。穆拉德不知道你还活着。"

你比之前更加苦闷，更加无助，于是转身朝向工头的屋子。你抓住那个手下恳求说：

"带我去见我儿子！"

"这办不到，老爹。首先，你儿子下到矿井最深处去了，他在干活。再有，如果工头知道的话，他会把我杀了。走吧，老爹！我会转告穆拉德你来过这儿的。"

手下想摆脱你紧抱的双手。你心慌意乱，放下包裹，翻找口袋。你找出嚼烟盒，递给他，求他转交给穆拉德。

对方接过盒子，匆匆离开。

穆拉德认得你的嚼烟盒，那是他用第一份工资买给你的。只要他看到那个盒子，就会知道你还活着。如果他来找你，你就认你的穆拉德；如果他不来，你就没有穆拉德了。去找亚辛，然后回村里吧。在那里等他几天。

你匆匆走向入口，抵达大门。你不等沙马德，就向着暗沉沉的山峦出发了。呜咽使你呼吸不畅。你闭上眼睛，让泪水轻轻地流进胸口。戴斯塔吉？做个男人！男人不会哭。为什么不呢？就让你的悲痛流走吧！

你走到第一个山坡上，突然涌起一股嚼烟的欲望，可身上没有了。盒子也许已经到穆拉德的手里了。

你慢下脚步，停了下来，俯身用指尖捏起一撮灰土，放在舌头下。你重新上路……背在身后的双手紧紧抓着苹果花包袱。